Sp

12.99

¿Por qué se esconden?

¿Por qué se esconden?

3

OJITOS
PAJARITOS

TEXTO DE   **ILUSTRADO POR**

María Emilia Beyer   Francesca Massai

A esta niña le gusta esconderse. Es su juego favorito y casi nunca la descubren. No le gusta acostarse temprano y su mamá tiene que buscarla para llevarla a la cama.

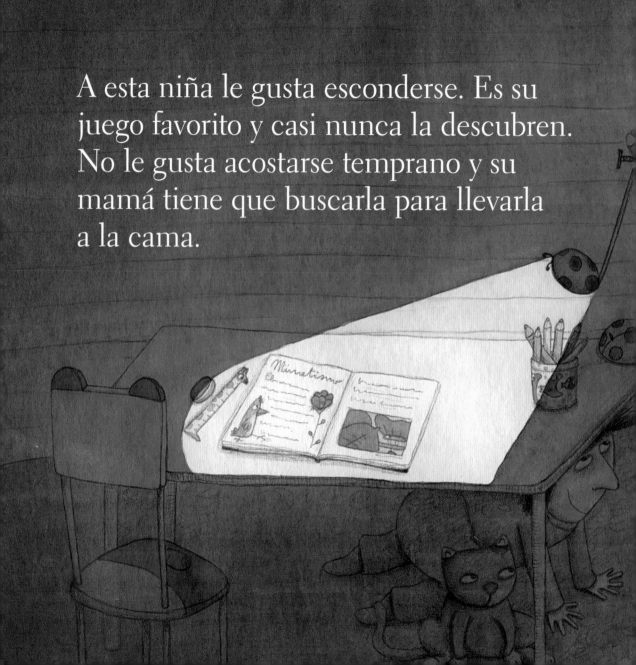

Los animales se confunden con su entorno: se mimetizan, pero no para jugar. Lo hacen para que no los vean y así conseguir comida o para esconderse de animales que se los quieren comer.

¿Cómo se ocultan
algunos animales?

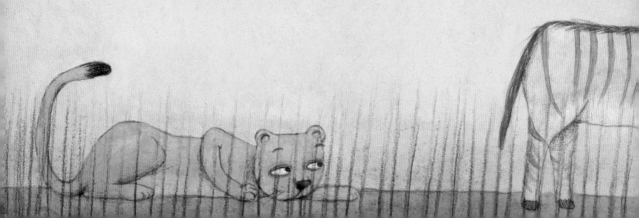

Es delgado como una rama
y alargado con varias patas.
Se esconde de las aves que buscan
alimento en el bosque y difícil
será encontrarlo.

Con esos colores, como las flores,
son poco discretas. Cuando caminas
por el sendero, ¡vaya sorpresa!:
vuelan.

Sus ojos y pelaje son
color miel. Se oculta
mientras espera el momento
para saltar y atrapar a su presa.

Parecen piedras y son venenosos.
Quietos en el fondo del mar,
engañan a los peces
que se comen.

Entre las ramas atrapa
insectos con su larga lengua.
Este artista del disfraz
es rojo y, de pronto, verde.
¿Cuál será su próximo color?

Esconderse no es tan fácil.
Hay que estar inmóvil
y mimetizarse con
lo que te rodea.

Por eso, si te fijas bien,
en la naturaleza no todo
es lo que parece.

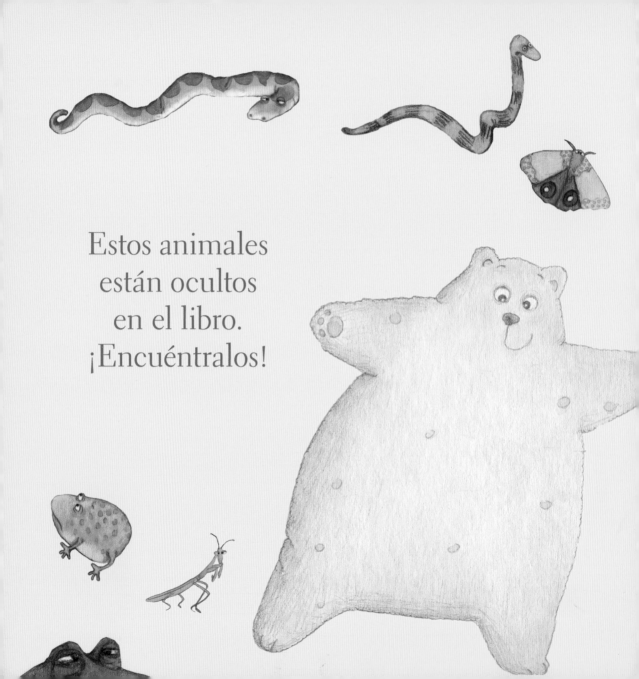

Estos animales
están ocultos
en el libro.
¡Encuéntralos!

Primera edición,   2008
   Segunda reimpresión, 2017

Beyer Ruiz, María Emilia
    ¿Por qué se esconden? / María Emilia Beyer Ruiz ;
ilus. de Francesca Massai. – México : FCE, Dirección General de Divulgación de la Ciencia – UNAM, 2008
    [32] p. : ilus. ; 18 × 18 cm – (Colec. Ojitos Pajaritos)
    ISBN 978-968-16-8529-4

    1. Literatura infantil I. Massai, Francesca, il. II. Ser.
III. t.

LC PZ7   Dewey 808.068 B175p

Distribución mundial

© 2008, María Emilia Beyer Ruiz, texto
© 2008, Francesca Massai, ilustraciones

D. R. © 2008, Dirección General de Divulgación de la Ciencia,
UNAM. Edificio Museo Universum, tercer piso,
Zona Cultural Universitaria; 04510 Ciudad de México

D. R. © 2008, Fondo de Cultura Económica
Carretera Picacho-Ajusco, 227; 14738 Ciudad de México
www.fondodeculturaeconomica.com
Comentarios: librosparaninos@fondodeculturaeconomica.com
Tel.: (55)5449-1871

Colección dirigida por: Miriam Martínez y Juan Tonda
Edición: Eliana Pasarán
Diseño gráfico: Gabriela Martínez Nava

ISBN 978-968-16-8529-4

Impreso en México • *Printed in Mexico*

¿Por qué se esconden?,
de María Emilia Beyer y Francesca Massai,
se terminó de imprimir
y encuadernar en enero de 2017
en Impresora y Encuadernadora
Progreso, S. A. de C. V. (IEPSA),
calzada San Lorenzo, 244;
09830 Ciudad de México.

El tiraje fue de 1 900 ejemplares.